KB157769

천지에서
바이칼로

천지에서
바이칼로

백두대간 시집 · 2

빗방울화석 시인들

2005

시 앞에

백두대간을 타면 바이칼에 이른다

2005년 12월
빗방울화석 시인들

목차

백두대간 시집 · 2

남덕유

김현격

비탈에 달라붙은 그늘을 벗어나려다 보면 철계단을 만
나고
쇠사다리 오르락내리락 거듭해서
숨차게 산마루 맨머리 쓰러지듯 이른다.
날 좋은 날 북쪽 능선 따라 시선이 멈추는 곳
향적봉이다. 오십 리 상거 높이
백여 미터 차이인데, 저 쪽이 형님 같다.
아지랑이 걸친 어깨에 위엄조차 서려 있다.
비교되는 처지임을 아는 듯 이곳은 공손하다.
솔나리 몇 송이 동자꽃 몇 포기로는 가당키나 하겠는가,
물레나물꽃 산오이풀꽃 다 얹어봐야 구름 속 머리 감춘
그 무게를 짐작이나 할까.
구천동 물안개 명성은 명동까지 치닫는데
남덕유는 명산목록에 낄까말까.
찾는 이 한산하지만 유독
사랑은 남다르다 한다.
영을 깨치는 절도 있고
덕스러운 여유도 형님 못지않을 터,
거느린 계곡도 많고
딸린 동네도 남부럽지 않다는데,

사람들 시선은 늘 북쪽으로 향한다.

카리스마에 멀어버린 눈.

결국은 능선 따라 샷갓재 무룡산 동업령을 내달려

중봉 상봉 거쳐 덕유평전 지나 북덕유 정상에 이르러
서야

다시 남쪽 아우 산을 보는데,

오십 리 건너편 우뚝 선 봉우리

감히 손댈 수 없는

알 수 없는

푸르름에 싸여 있다.

백두산 천지 1 외 7편

신대철

검은 바위산에서 돌들 굴러 내리고
검은 바위산 사이에서 폭포가 쏟아진다.

물살에 손을 얹으니 물줄기만 비치던 폭포에서 솔바
람 쓸리는 소리가 울려온다. 솔바람 소리는 손을 타고
몸 속으로 들어와 온몸을 쓸다가 쏴아쏴아 이마로 피로
몰린다, 방앗간 창고로 사람들 붙들려가고 문 닫히고,
불, 불, 외마디 소리, 그날 우리는 담을 넘어 얼마나 오
랫동안 운동장을 달려갔던가, 솔숲에서 교실 마루 밑으
로 기어 들어가 먼지 쌓인 곳에서 숨 가라앉히며 무엇을
기다리고 있었던가, 그때 거기 팔꿈치에 걸리던 낡은 지
리부도책에서 마주친 함흥, 회령, 장백폭포, 폭포를 놓
고 우리 것인지 아닌지 서로 다투던 피란민 아이와 창식
이 형, 그해를 못 넘긴 그들은 천지 어디서 다시 만나고
있을까.

소나무도 보이지 않는데
솔바람 소리 그치지 않고
푸드득 날아오르려다
달문에 주저앉는 새 두 마리

눈안개에 잠겨가는 봉우리마다
영산이 깃드는 동안
장백산에서 백두산으로 옮겨 앉다가
새 문득 사라진다,
솔바람 소리도 통천하*에 씻겨 내려간다.

천지는 눈, 눈, 얼음

장군봉에 햇빛 들락말락 하고
굽이쳐오던 금강산, 지리산이
눈보라 속에 묻힌다.
나도 묻힌다.

천지를 향해 올라오는 눈길만 눈부시다.

---

* 백두산 천지에서 흘러내리는 유일한 물줄기. 다른 물줄기와 합류하여 송화강이
  된다.

분꽃 씨

노을 번지는 초저녁
노란 나비떼가 가쁜
가쁜 내려앉고 있었다.

가까이 다가가니
나비떼는 꽃 속으로 사라지고
노란 분꽃만 남아 있었다.
누가 사는지 궁금하여
집 앞에 서 있었다.
짖지 않는 개가
몸을 수색하고 안으로 들어간 뒤
눈주름이 깊은 사내가 나왔다.
서울 변두리에서 불법체류자로 쫓겨 다닐 때
공장 한 구석에서 숨어 지내다
말라죽는 꽃에 속이 타
밤마다 물을 주었다고 했다.
한국에서 가져온 것은 그 꽃씨뿐이라고 했다.

꽃씨를 받아가도 괜찮으냐고 물었다.
사내는 몸을 움츠렸다가 고개를 끄덕였다.
눈가에 물기가 어려 있었다.

시베리아 횡단열차 1

황원 속으로 강줄기들 사라지고
가느다란 사행천 삼각주에
퇴적물같이 남는 마을들

풋내나는 바람 속에 숨어서
눈빛승마를 흔드는 아이들

구릉구릉구릉

　열차는 휘어진 굴속으로 기어든다. 인생의 수수께끼*
를 잊으려고 혹은 바꾸려고 굵은 지명을 따라간 승객들,
레나강에서 북극 랍테프해로 흘러간 승객들이 먼저 언
몸으로 굴속으로 들어온다, 무릎 위에 지도를 접어 놓고
무겁게 눈을 붙인다. 난간으로 쏟아져 나간 노랑머리 젊
은이들은 쉬지 않고 어둠을 향해 괴성을 지른다. 괴성에
불려나온 허공이 내 몸 속의 진동판을 울렸다 나간다. 통
나무와 구릉과 숨죽인 아우성들이 한덩어리로 굴러가다
덜그덕 덜그덕 침목으로 놓이는 사이 땀방울인지 물방울
인지 번들거리는 굴벽을 타고 주욱 뻗어나가는 허공,

오리 날아간 자리에
철새가 앉아 있는 솟대

풀과 벌레와 짐승은
숲 속에 갇혀 있고
보호구역을 찾아 깃드는 황야

　열차는 달리면서 비워지고 광활한 하늘에서 어두운
얼굴들이 다가온다. 코민테른 자금**을 싣고 모스크바
에서 베르흐네우진스크까지 금괴상자 위에서 교대로 잠
들던 한형권, 박진순, 상해로 자금을 운송하고 고륜으로
되돌아와 잠깐 북경에 다녀온다는 말 한마디 흘리고 고
비 넘어 고비, 모래와 흙먼지 속으로 쫓겨가다 백당에
잡힌 이태준***, 그 뒤에 그림자같이 붙어 있는 마자알,
　이태준이 죽어도 고향으로 돌아가지 않고 북경 성내
술집을 드나들며 의열단을 찾아 헤맨 마자알, 그대에게
의열단은 무엇이었는가.

　마자알, 마자알, 이라크, 아프카니스탄,

열차는 레일도 없이
심장의 박동 소리로
시베리아 평원을 횡단한다.

* '인생의 수수께끼를 풀 수 있는 사람들은 거의 시베리아에 남아서 만족스럽게
뿌리를 내린다. 그 결과 그들은 풍부하고 감미로운 열매를 얻게 된다.' -도스또
예프스끼의 〈죽음의 집의 기록〉 서론에서 인용.

** 1920년 4월 레닌이 상해임시정부에 독립운동 자금으로 200만 루불을 주기로
약속했는데, 1차분으로 40만 루블에 해당하는 금괴를 주었다. 그해 9월 초 이
금괴 상자를 시베리아 횡단열차로 모스크바로부터 베르흐네우진스크(울란우
데)까지 한인 사회당 코민테른 파견대표 박진순과 상해임정특사 한형권이 주야
교대를 하며 운송했다.

*** 몽골 마지막 황제 주치의 이태준(1883-1921) 선생은 경남 함안에서 태어났다.
1914년 처남 김규식 선생의 권유로 울란바토르에 들어가 의열단에 가담하고
항일운동을 하는 한편 동의의국이란 병원을 열고 위생계몽운동을 벌였다.
1921년 약산 김원봉에게 고륜(울란바토르)에 머물러 있던 폭탄 기술자 마자알
(헝가리인)을 소개시키려고 고비사막을 넘다가 일본군과 긴밀한 관계를 유지해
온 러시아 백당(세미요노프 군대)에 잡혔다. 이태준은 총살당했지만 마자알은
외국인 신분으로 풀려나와 북경 술집을 드나들며 의열단 단장 김원봉을 찾아
헤맸다. 헝가리 애국자였던 마자알은 의열단을 위해 테러 공작용 폭탄을 제조
하고 폭탄 운반에도 참여했다.

천지에서 바이칼로

시베리아 횡단열차 2

1

앙가라강* 가까이
'영원한 불' ** 타오르고
그 불 품어 안고
강물은 도시에 물안개를 씌운다.

가가린의 두상도 거리도 형체 없이 지우는 물안개를
따라가면 영혼처럼 다가왔다 사라지는 가로등 아래 술
내를 풍기며 하수도를 고치는 노동자들, 작은 체구에 까
마잡잡한 갈색 얼굴들은 돌아가지 못한 관동군 포로 후
손들일까? '야폰스키, 다모이', 다모이*** 소리를 채찍처
럼 맞으며 시베리아로 끌려간 관동군들. 탄광, 채석장으
로 치타, 크라스노야르스크로 질질 끌려다닌 조선 징용
자들, 하루에 멀건 죽, 검은 빵 300그램, 밥 반 공기에 혹
한에 언 눈, 나라는 사라져도 잔상처럼 눈보라에 찍혀
나오던 짓눌린 얼굴들

바람 줄지어 흐르고
물 오른 침엽수림 옆으로

둥근 밥상 같은 구릉선이 기울어진다.

2

녹슨 선로 수리하며
끝없는 행렬 보고 끝없이 행군

타이거 지대를 지나 포로수용소에 들어갈 때 더듬거리는 일본말로 우린 조선인, 코레츠라고 호소하면서 조선 징용자들은 다시 한번 치욕을 느꼈을까? 그 치욕 때문에 강제노역과 굶주림을 이길 수 있었을까?

뗏목이 완성되기 전에 벌목장엔 아침이 오고 탈주 포기한 채 통나무만 떠내려 보내던 조선 징용자들, 일본인들 귀환한 뒤에도 시베리아에 버려져 노역에 시달린 조선 징용자들

야생화에 핏빛 숨겨 놓고
흥남 부두를 향해 아직도
바람 속을 굴러다니는 조선인 유골들

열차는 비명을 지르며
자작나무숲 속을 빠져나온다.

* 바이칼에서 흘러나오는 유일한 강. 이르쿠츠크를 동서로 가르며 북극해로 흘러든다.
** '영원한 불' 은 2차 대전 당시 죽은 2천만 명의 러시아인들의 혼을 기리는 불인데 도시마다 이 '영원한 불' 이 타오른다.
*** 다모이는 귀가라는 뜻이다.

눈부신 소리

알혼섬*, 후지르 마을, 에스키모 수예품 같은 그림이
벽마다 붙어 있는 방, 문풍지 울리듯 칼칼하게 생나무
연기 뒤흔드는 살바람, 춤추는 불 그림자 한가운데 꽃판
을 이루는 고향의 어린 동무들

구릉으로 야생화로
바이칼 소년으로
꽃판 자주 바꾸어도
잠 오지 않는 여름밤

호숫가 벼랑 위에 앉았다. 별빛 흐려지는 은하수 근처
에서 별똥별이 쏟아진다. 소원을 말해 봐, 누가 속삭인
다, 비밀이야, 누가 속삭인다, 누구더라, 누구더라, 아린
목소리만 남은 고향의 어린 동무들

너는 소원도 비밀도 없니?
누가 속삭인다.

* 바이칼에 있는 섬 중 가장 큰 섬.

바이칼 키스 1

1. 물살 그림자

물 밑바닥에 일렁이는
문살무늬 그림자

투명한 창호에 무슨 소리 어리는 듯 나는 그림자 속으로 빨려 들어갔습니다. 물은 금시 정강이까지 차오르고 머리 끝에 번개가 스쳐갔습니다. 콧수염 달린 사내가 달려와 소매를 잡아당겼습니다. 맨발에 해맑은 얼굴, 나는 망설이다가 그가 미는 대로 밀려갔습니다. 모래밭이 끝나는 산비탈 중턱 자작나무 사이에 노란 텐트가 열려 있었습니다. 젊은 여자가 밖을 내다보며 환하게 웃고 있었습니다. 모두 바이칼에서 태어났다고 했습니다. 나도 두 사람 사이에서 막 태어났다고 하니 소리 내어 웃었습니다.

바이칼은 호수 이름이 아니라
영혼의 이름이죠?

사내는 내 말을 되받아 바이칼은 영혼의 눈빛이라고

신파조로 중얼거렸습니다. 우리 앉은 자리는 어느새 푸른 물빛이 감돌았습니다. 그는 내 코에 코 비비고 볼에 볼 비비고 느닷없이 온몸에 서릿발 서는 첫키스를 날렸습니다. 으아악, 아무도 없었지만 물과 바람과 햇빛 속에서 비명소리가 울려왔습니다. 오래된 내 몸 속에 누가 또 있었던가요? 온몸에 문살무늬 그림자 어른거리고 은빛 하늘엔 흰 구름 한 점 기웃거리다 흘러갔습니다.

2. 아이두세 요하르 아이두세 헤이부룰라*

검붉은 노을이 꺼지는 저녁, 우리는 장작개비를 들고 구릉에 올랐습니다. 하늘을 향해 장작불을 피워 올렸습니다. 샤먼이 하는 대로 두 손으로 불을 퍼 마시고 두 발을 하나씩 불 위로 돌려 몸을 정화했습니다. 샤먼이 북을 치자 가슴에 묻힌 영혼들이 불려나옵니다. 내게서 멀어진 영혼들도 빙 둘러서서 춤추고 노래합니다, 아이두세 요하르 아이두세 헤이부룰라, 맑혀진 영혼들 불길 타고 하늘로 올라가고 몸 타고 태초의 불기운이 내려옵니다. 아이두세 요하르 아이두세 헤이부룰라

피부도 족속도 다르지만
우리의 불기운은
손에서 손으로 넘어갑니다.
빙글빙글 도는 춤 속에
바이칼 뜨거운 피가 흐릅니다.

* 이 말은 부리야트 말인데 사먼이 우리의 마음을 하늘에 전달하기 위해 하는 주
  문이다. 아이두세라는 여자 사먼이 하늘을 향해 노래하고 기도하다 승천했다는
  뜻. 바이칼 사먼이 의식할 때 부르는 노래 중 후렴구로 쓰이고 이 후렴구는 의식
  에 참여하는 사람들이 강강술래하듯 빙글빙글 돌면서 사먼과 함께 합창한다.

바이칼 키스 2

후지르 마을 네거리에
녹슨 유모차를 밀고 가던 꼬맹이가
노점 앞에 멈췄습니다.
낯선 노인을 보고는 슬며시
유모차를 가리는군요.

노인이 아기한테 개구리 울음소리를 내며 다가가는군요. 꼬맹이는 가만히 올려다보고 아기는 방긋 웃는군요. 아, 노인 뒤의 노점 주인이 아기 엄마였군요.

가판대에서는 초원과 사막을 건너온 새 날개 같은 옷 사이로 물땡땡이와 원색 꽃무늬 원피스가 하늘거립니다. 노인이 그 옆에 붙어 서서 옷감을 만져 보는군요. 아기 엄마가 원피스와 노인을 번갈아 쳐다봅니다. 노인은 얼른 가판대에 턱을 받치고 있는 꼬맹이를 가리킵니다. 손녀가 떠오른 모양이군요. 아기 엄마가 꼬맹이에 맞는 옷을 고르다가 손을 젓는군요.

아기 엄마와 꼬맹이는 옆에서 아기를 어르고 노인은 다시 개구리 울음소리를 내는군요. 아기는 개구리 울음소리에 방긋방긋 웃습니다. 아기의 눈빛이 번져가는 햇빛 한가운데로 노인이 두둥실 떠오르는군요. 노인도 어느새 방긋방긋 웃고 있습니다. 바이칼 호수가 양수처럼 노인과 아기를 감싸는군요. 호수가 문득 은은해지고 있습니다.

바이칼 소년

자작나무 숲 속에 햇빛이 들어온다.
나무와 나무 사이 여백이 밝아진다.

바이칼 소년이 빛을 등지고 웃고 있다. 엊저녁 꺼져가
는 난로 속에 통나무를 세우고 매운 연기 속에 후우우
바람을 불어넣던 소년, 불 피운 뒤에도 밤늦도록 불가에
앉아 가슴 깊이 불기운을 들여 마시던 소년,

(호수 건너 머나먼 곳을 꿈꾸다
 엊그제 오물* 잡으러 간
 아버지의 무사귀환을 빌었을까?)

소년이 나가자 천정 높아지고 누우면 옛집처럼 한없
이 방바닥이 내려앉았다. 떠돌이들이 구멍 뚫린 창문에
슬며시 남기고 가던, 저 떨리는 목소리 같은 흰 별빛, 바
람 속의 바람소리, 그 옛날 산소년들은 한밤에 떠돌이들
을 찾아 얼마나 눈 속을 헤맸던가. 흩어진 산길을 한 줄
로 몰아 마을 쪽으로 돌려놓고 가슴 속의 풀과 나무와
짐승 이름을 아무도 모르게 사람 이름으로 바꿔놓고 그
이름 지워질 때까지 다시 돌아오지 않던 그리운 이웃들,

바이칼 소년은 웃다 말고 나무와 나무 사이 여백에 박혀 있고 나는 그 떠돌이 이웃들처럼 자리를 뜬다. 번쩍 소년이 내 몸 속으로 들어왔다 나간다. 바이칼, 바이칼,

소년이 들어왔다 나간 몸 속에 은빛 푸른 영혼이 돈다,
내가 지상에 오기 전에 핏속에서 오래 기억하고 그리워한

* 바이칼 호수에 사는 청어 같은 물고기.

겨울숲 겨울노래

김택근

산을 내려오는 눈

미리 하산한 나무들이
발목을 묶고
앙상하여 더 억센
서로의 어깨를 부러질 듯 감싸고 있다

보셨지요? 지난번에 여러 번, 인간들이 스며든 것을
그런데 인간의 포옹에서는 왜 피가 날까요?
꿈에 인간을 던져 넣지 마세요
차라리 과거를 태울, 아니
내 몸 사르는 불, 불, 불 꿈을 주세요

얼른 내리지 못하는 눈

나무가 눈 감을 때까지 기다렸다가
눈이 내린다

나무 하나
어깨동무를 풀고, 다시

사람의 꿈속으로 들어간다

마을의 눈에 눈을 잃을 때쯤
숲길을 누군가 지나갔다

백두산 자작나무 외 5편

황영숙

자작나무의 결삭은 흰빛
눈길 마주치자
내 온몸을 끌어당겼다 놓는다
팽팽해지는 내 안의 흰빛

야생화 능선

백두산을 함께 오르는 길
나는 백두를 향해 마음보다 걸음이 더딘데
당신은 야생의 꽃들에 붙들려 있어요
늘 신발 뒤축이 닳아 있는 고단했던 당신
걸음걸음마다 야생의 꽃들 조그맣고 낮게 피어 있군요
그 앞에서 당신
몸을 구부려 더 낮아지고 있군요, 눈 맞추고 있군요

이도백하의 어두운 골목 어디쯤
가까운 길을 에돌아 비로소 다다른 노독으로
나는 어제 하룻밤 누추한 거처의 잠이 깊었습니다
이른 아침 당신의 목소리도 맑군요
당신의 잠도 깊었군요

아, 하늘매발톱꽃!
어느 결에 나는 당신 뒤에서 더디게 가며
길 환한 능선에서 기쁘게 헤매고 있군요
하늘 푸른 빛으로, 꽃향기 속으로,
우리들이 서로 부르는 이름 속으로
자꾸 이끌려 들어갈 것만 같습니다

백두산을 향해 오르는 사람들
우리 앞에서 가고 있습니다

백두산 천지 국계비를 지나

천지 옆 국경 표시 5호 경계비-중국, 조선, 양면 새김돌
니하오!
이국인의 월경(越境)은 즐거운 추억, 웃으면서 기념
사진 속으로 들어가고
니하오!
웃음을 잊은 나는 중국을 넘어 조선으로 든다

즐거운 추억들 모두 돌아가고
풀포기조차 없는 화산, 뜨거운 백두를 오른다
조선의 제운봉을 오른다
초소 없고 초병 없고, 아무도 막아서지 않는데
뿌리치듯 더 멀리 더 멀리 달려 나간다
무수히 발목 잡혔던 아픈 경계를 넘어, 넘어
달린다
가쁜 숨결은 메말라 녹슨 철길의 냄새가 나고
가위눌림같이 헛디뎌 미끄러지는 발걸음
넘어져 엎드린 곳의 검은 화산재
확 끼치는 뜨거운 불기운
귀 먹먹해진다, 내 숨소리조차 들리지 않는다

왈칵 뜨거운 불덩이 솟구쳐 흐르는 눈물
가슴 옥죄어온 오랜 슬픔 무너진다
차오르는 천지 푸른 물결

종덕사(宗德寺)

천문봉 넘어 장백폭포를 향해 가는 길
사람의 발길 드물어 굵은 돌 살아 있다
그 틈에 호범꼬리 야생화
백두산 호랑이 어디 살아 있을 터
산제비 날던 능선, 산제비꽃도 피어 있고
앉아 쉬던 바위 곁 바위종다리꽃

표지판도 없는 종덕사 옛터
조선 삼수갑산 스님들이 백두산으로 들어와
일본 물러가라고 빌었다는
깨진 기와와 사람 손길에 깎인 돌들에 남아 있는
간절한 절명의 발원
중국 국적 조선족 역사학자의
우리말 설명을 듣는다
선명한 몇 글자, 기둥 세운 흔적
내 가슴에 꾹꾹 화인처럼 찍힌다
역사학자 말은 틈새도 없이 가파라지고
뜨거워진 숨결 따라 천지 푸른 물 흘러들어
깨진 기와, 돌조각에서 소용돌이친다
기와와 돌들 살아 있다

압록강변 아이들

압록강 건너 만포시의 한 강변 기슭
한 여름의 녹음은 짙고 강가의 물장난 하는 어린 세 아이
이국인의 쾌속선은 뱃머리 꽂을 듯 달려 나가나
그곳에 닿지 못하고
강의 한가운데서 엔진소리만 헛되게 울린다
"잘 있었어요."
너희들 앳된 대답은 아무 것에도 걸리지 않고 빠르게
와 안긴다
그러나 배는 강 한가운데 붙들려 있고
보이지 않는 경계를 넘지 못하고
우리는 나아가지 못하는 뱃전에 매달려
맴돈다, 너희 곁에서
강심보다 더 깊은 곳에서 터지는 외마디 목메임
"반가워요, 잘 있었어요?"
자꾸 묻는다, 자꾸 대답한다
쾌속의 배는 아무 곳에도 닿지 못하고
뱃머리를 돌린다.
만포시 한 강변 기슭은 눈앞에서 너무 멀고
이국배의 엔진소리만 소란스럽다

노인봉에서 돌아오는 길

노인봉에서 진고개로 돌아오는 길
산풀에 허리 잠긴 채 사람들 걸어오고 있다
등 뒤에 우뚝 솟은 노인봉
정상에 올랐던 사람들 돌려보내고 있다
잠깐 보이지 않는 모습들
노란 팥배나무 아래에서 함께 물들고 있을까

오래전 터 잡고 살아온 이들의
배추 밑동 베어낸 자리
초가을 햇볕에도 마르지 않았다
여기저기 남아 있는 넓적한 배추 겉잎
그 속잎들 얼마나 통 큰지 알 수 있다
배추밭 가장자리 쑥대도 무성하다

진고개 휴게소 앞 즐비한 고랭지 배추
고원의 햇볕, 고원의 냉기 어우러져 푸르고 단단하다
지나온 길에 그늘도 습한 바람도 있었던가
곰버섯이라고, 마늘 팔던 할머니가 웃는다
잇몸 단단하다
방금 지나온 능선의 쑥내 은은하다

나도 삶의 터로 돌아가 아마 오래 살 것이다
방금 지나온 길 다시 그립다

천지 가는 길 외 8편

김일영

더듬더듬 가는 길
자작나무 꿈길로 들어서면
백두산 자락을 붙들고 있던 어둠이
허연 길을 내어 놓고
길가에 속살 내놓은 채 뒤틀린
키 작은 늙은 나무
생을 견디는 몸짓 숨이 가빠 옵니다

산에서 생풀을 씹어 넘기며
기회를 엿본 지 보름만에 야밤 도하
용정으로 숨어들었다는 리명희
탈북에 성공했지만
여전히 위태로운 자신과
저쪽에 일곱 살 난 아들이 있다며
흘리던 눈물에 대해
초원의 노란만병초에게조차
말하지 않았습니다

바래지 않는 천지 남색 같은
우리들의 바람을 깊이 간직한 채

언제까지 가야한다고
아들을 다시 만나야 한다고
졸아든 가슴을 쓸었던 그 시간을
이제 초원에 내려놓습니다

무슨 암시처럼
달문을 통해 자신을 흘려보내며
혹한과 흑풍을 견디는 천지
오래도록 지켜본 두메자운이
그렇게 졌다가 또 피었듯
그대의 삶이 여기 천지에
한 송이 꽃으로 피어 있는지도…

흑비

천문봉에 선다
아래쪽에 천지가 있겠고 건너에 장군봉이 있을 게다
바람이 분다
운무가 흐르면서 천지 살짝 보인다
백두산에 와서도 백두산은 보이지 않는다
흑비가 총알처럼 몸에 박힌다
생각은 바람을 타고 흘러간다
바람의 끝에는 나보다 앞서
형형한 눈빛으로 백두산을 바라본 사람 있었다
무장 항일 독립전쟁의 불을 당긴
백두산 호랑이 홍범도* 장군
역사는 흑비에 젖는다고 잊혀지는 것은 아니다
백두산을 감싼 운무 속에
저격수의 눈빛 장군봉에서 번뜩이고
숨긴 숨소리 돌 틈 사이 산들꽃으로 피고 있다
흑비처럼 쏟아졌을 일제의 총탄
나는 흑비를 맞는다
신음처럼 검은 피가 흘러내린다
장군봉에서 흘러온 운무
뒷머리를 스치고 간다

뭣 하러 왔는가고

돌아보면 아무 것도 보이지 않는 백두산

흑비만 내린다

나는 가다 말고 한 번 더 돌아본다

* 항일 독립전쟁기의 대표적 장군으로 봉오동(鳳梧洞)·청산리(靑山里) 전투를 승
리로 이끌었으며, 민족주의와 민중의 힘을 바탕으로 하는 철저한 무장투쟁노선
을 통해 국권을 회복하고자 했다. 전직 포수였던 장군은 항일전투시 저격수로
게릴라전의 비조(鼻祖)였다.

벽소령에는 빨간 우체통이 있다[*]

벽소령 빨간 우체통에는
배달되지 못한 사연들이 있다
사연 하나 꺼내어 읽는다는 것은
봉우리 하나 가슴에 품는 일이다
사연 하나
형제봉이 솟는다
벽소령이 더욱 깊다

벽소령에 오르는 순간
햇발이 모이고
밤새 쌓였던 눈발들이
바위에서 소나무에서 무너져 내리면
우체통에서 흘러나오는 쓸쓸한 사연들
차오르는 침묵
지리산이 꽉 찬다

산으로 떠밀려 들어온 가난한 사람
조릿대잎으로 사는
산으로 숨어든 이상을 좇던 사람
빗점골 너덜지대에 맑은 물로 흐르는

맨눈으로 보기엔 버거운 일이다
가슴으로 봐야 할 일이다

해발 1400m
벽소령에는 빨간 우체통이 있다

* 국립공원 관리공단에서 2001년 7월 2일 벽소령 대피소에 우체통을 설치하였다.

칡넝쿨손

생각을 좇다가
이화령에 이르러 그대 놓치고
지상길 끝에서 하늘길 더듬는
칡넝쿨손 바라보다
가던 길 놓쳤네요
인간사 돌아나온 바람의 상심이
내 몸 감싸올 때
그대 어느 재쯤에서
젖은 옷을 말리고 있나요
옷이 마르며 뽀송해진 기억들은
하늘재를 넘겠지요
그래요 그대
무리를 잃은 한 마리 새처럼요
선 채 썩어가는 나무 꼭대기에서
칡넝쿨손이 하늘을 향해
마침내
한 손 내뻗네요

하늘길을 여는 칡넝쿨손처럼
나
그대에게 가네요

방천 두만강 하류

흑풍구에서 멀거니 지나쳤던
강줄기를 따라온 숨 가쁜 바람이 머무는 방천
조러대교 버스 한 대 지나가고
동해로 달려가다 허리가 꺾인 수풀
강기슭에서 물소리처럼 흔들린다

일제 강제수탈시절 일제를 피해
아래아랫집 김씨가 건넜다는 두만강
힘없는 돌멩이나 수풀이나
가난한 사람을 안고 흘렀던 강
다시 건너올 것을 믿는 김씨 가족에겐
아직까지 재회의 강으로 남아 있건만

이제는 죽어서 못 넘고
국적에 묶여서 못 넘고
강폭이 장벽이 되어버린 두만강

다국(多國)의 국경으로 전락한 방천 두만강 하류
여름 하늘 속으로 사라진 바람 끝에서
잠시 출렁이던 강물이

한국인으로 조선족으로 까레이스끼로
불리는 내력을 아는지 모르는지
까맣게 흘러가고 있다

훈춘에서

두만강 발원지 안도에서
방천으로 가는 길이었어요

    두만강 물줄기를 따라가다 잠시 머문 마을, 그곳은 넓
은 평야와 야트막한 야산들과 한데 어울려 도시화가 진
행 중인 작고 예쁜 도시였습니다. 널찍하게 지어진 건물
들이 여유롭고요 상호가 적힌 대형광고간판을 이고 있
는 점포들은 힘에 부치는지 출입문을 열고 긴 한숨을 몰
아쉽니다. 내가 탄 싼륜이 보행자와 자동차가 한데 엉겨
도로에 갇힙니다. 나는 눈을 감습니다. 이정표가 보입니
다. 간도*로 가는 표식을 따라 갑니다. 지금은 지도상에
없어진 지명, 간도에 다다랐습니다. 마을을 들여다보니
익숙한 냄새가 풍겨 나오는 어떤 집에 한 남자가 멀리
시선을 두고 있습니다. 나는 그 남자를 봅니다. 그렇게
한참이나 지난 후에야 마주친 눈길, 남자는 낯선 시선에
대한 경계의 눈초리를 허공에 남겨놓고 홀연히 들어가
버립니다. 나도 돌아서려다 남자가 본 곳을 따라가 봅니
다. 북쪽입니다. 만주입니다. 광야 한 가운데 섭니다. 바
람이 붑니다. 광야가 가슴으로 드러옵니다. 가슴에서 출
렁입니다. 가슴에서 일던 떨림이 초원을 따라 푸른 지평

선을 넘어 갑니다. 아— 된장국을 먹는 그대와 나는 아마도 같은 꿈을 꾸고 있나 봅니다.

지금은 중국령, 훈춘
그러나 난
우리 땅 간도를 걷고 있지요

* 두만강 북쪽을 북간도 혹은 동간도라고 하고 압록강 북쪽을 서간도라고 한다. 1909년 일제가 '간도협약'으로 간도영유권을 청나라에 넘겼다. 그리고 1962년 중국과 북한의 '조중변계조약'으로 두만강을 국경으로 삼았다. 문헌에 전해지는 중국과의 국경은 두만강이 아닌 토문강이었으나 변계조약에 따라 두만강 북쪽 북간도(동간도)가 중국령으로 되었다.

향로봉길

산허리 감은 듯
모퉁이 돌면 다시 모퉁이
지나온 길을 돌아본다

삐쭉 훔쳐보면
훌쩍 모퉁이 돌아 숨는 길
기억해야 한다

빽빽한 잡나무 틈새를 오가며
박새가 물어 온 길
반짝 햇빛이 모인다

도문 사람들

삼삼오오 모인 사람들
서로 약속이나 한 듯 번갈아 가며 강 저쪽을 바라본다
생은 바닥에 날리는 꽃잎 같아 밟히고 또 밟히지만
꽃잎에 새긴 강 저쪽만은 가슴에 품고 산다

강물을 얼어붙게 했던 바람이
벚꽃 꽃망울 위에서 늘어지게 하품을 쏟아 놓는다
손자 애긴지 고향 애긴지 이야기를 주고받다가
남한 사람들과 눈길이 마주치면
누가 먼저랄 것도 없이 이야기를 거둔다
바람에 묻어 온 강 저쪽 소식에
달맞이꽃대가 흔들리는데
얼만큼 깊이로 새기었기에 도문 사람들
가슴을 여미는 것일까
햇볕의 입맞춤에 흡족해진 꽃망울이 한바탕 벌어지면
강 저쪽은 하늘 저편처럼 아득해진다
도문대교를 지나서는 갈 수 없는 먼 곳
남한 사람임을 알아보고 손 내미는 앵벌이
주머니 속을 헤집는 내 손이 부끄러울 때
지켜보던 사람들 시선을 다시 강 저쪽으로 옮겨가며

징검다리 놓고 있으니

국경 표식으로 적색과 푸른색으로 색칠 된 도문대교
남양에서 무역하는 차가 다리를 건너오면
사람들이 만든 징검다리는 강 밑으로 가라앉고
강기슭에 쌓인 그리움이 수풀되어 더 이상 흐르지 않
는다
도문에는 함경도 사람이 많고 흑룡강에는
경상도 사람이 많은데 자기는 경상도 사람이라며
말꼬리를 흐리고 강 저쪽을 바라보는 인민복 차림의
할아버지
듣고 있던 사람들은 물흐름처럼 고개만 끄덕인다
한 차례 꽃잎이 떨어진다
무거운 세월은 사람들 입술을 붙잡고 있다
밟힌 꽃잎은 형체도 알아보기 힘들고
사람들 모여 애써 놓은 디딤돌이 쓸려 내릴까 두려운 듯
헤어져서도 자꾸 뒤돌아보며 가슴을 여미는데
누군가 그립지 않은 사람 있을까
흐르는 강물에 가슴 젖지 않는 사람 있을까
도문 사람들

강 저쪽을 바라보며
가슴에 징검다리 놓으며 산다

단풍

번져온다
오랫동안 디뎌온 토방처럼
안겨오는 산
놀이터 아이들 미끄러지듯 번져온다
오를수록 짙어지는 빛깔
말을 아끼면 저리 물드는가 보다
나는 물들어 가는가
다릅나무에서 말 하나 떨어진다
비탈길에 머무르며
오르내리는 사람들에게
아껴왔던 이야기를 내어 놓는다
동대산이 한 걸음 다가서고
노인봉이 알아들었다는 듯 키를 낮춘다
듣지 못하는 사람들만이
이야기를 밟으며 간다
너덜해지도록 뭉개진 이야기가
귀먹은 사람들 사이를 빠져나와
어디론가 간다
팽팽하게 달아오르던 오대산이
평심을 되찾고

이야기는 아래로 아래로
백두대간을 타고 번져간다
이야기 속을 빠져나와서도
귓가에 남은 이야기들
저들의 이야기가 다시
두런두런 들려올 때까지 또 얼마나
귀를 닫아두어야 할까

백두산 천지에서 외 4편

신경옥

낮고 높은 저 푸른 물
천지를 오가던 바람 타고
일제히 날아오르는 안개
어두운 물 밑, 저 시원에서 솟아오르는 물방울
내 정신 한가운데를 지난다

끝없는 분단의 길을 만들고
우리는 그 길로 왔다

천지를 굽어보다가
장군봉을 올려다보다가
문득 구름이 딱딱하게 굳어져가는 것을 보았다

천지 주변엔 누가 앉았다 간 듯
아직 눈빛이 남아 있다
안개 다시 휘감기다 내 눈을 가린다
육신의 눈이 닫힐 때
산이 물을 끌어안고
달음박질친다

안개 걷히고
햇살 받아 더욱 빛나는
구름국화 흐르는 천지 주변에선
처음 본 사람도 친구인 듯 반갑다

은하빈관*

조선족 마을 식당에서 우리말만 쓰다가
간이침대를 넣고 세 사람이 구겨져 잠을 청하던 방
조선족 안내원도 중국인 운전기사도 잠들고
나는 새벽 세 시부터 홀로 깨어
벌레가 지도를 그린 벽에 기대어 앉았다.
먼동이 트기만을 기다렸다.

어둠이 세 사람 사이 국경을 지우던 방
모르는 사람과 사람 사이에서
자꾸만 솟구쳐 오르던 이름,
　백두산, 천지, 노란만병초, 자줏빛 두메자운, 구름국
화, 애기붓꽃, 구름패랭이…

둥글고 환한 은하빈관

* 백두산 기슭 이도백하의 숙박업소 이름.

자작나무숲을 지나며

새들이 앉았던 자리
자작나무 가지에 남아 있는 온기가
이파리 떨어진 나무의 아픔을 감싸주고 있다
찰나가 아주 긴 것처럼
어둠을 팽팽하게 끌어당기는 자작나무
자꾸 제 몸의 상처를 덧내며 흔든다
상처를 핥아주던 햇살마저
한낮의 더위를 피해 스르르 사라지는
두만강 발원지 군사도로 주변
점점 흐려지던 길에서
집 짓고 둥지 트는 새 보이지 않고
키 큰 나무 위로 바람만 스치는
저녁 자작나무숲

백봉령에서

비 흩뿌리고 큰 번개 치는 날
침낭 얹은 배낭 메고 젖은 땅 위에 섰을 때
머리 위로 까마득히 별 하나 떠올랐다
구름을 헤치고 별 둘, 별 셋
서서히 떠오르는 여름밤

랜턴을 비추며 함몰지 옆 좁은 길을 지난다

춘양목 쭉쭉 뻗어 있는 숲 속
먼저 온 사람들 억센 비 맞으며
물고랑 파서 쳐놓은 텐트 구석에
삶을 부려놓고
코펠에 밥을 지어 둘러앉아 있다

움푹 파인 땅에 고랭지 채소 키우며
대간을 이어가는 노인과 함께
가스등 아래에서
밥그릇 비울수록 훈기 넘쳐나고

새소리가 빛을 물어 왔는가,
숲 속이 활짝 열린다

소백산 고사목

오르막 끝에 이르면 만나게 되는 길
연화봉과 비로봉 가는
길이 갈라지는 삼거리에
까맣게 타들어가는 고사목 한 그루
무엇을 견디면서 옹이를 키우고 있었는지

토굴에서 정진하다가
깨달음 얻고 소백산을 내려갔다는
일초스님 음성
바람에 떠밀려와 나를 흔든다

한참을 오르막길 올라온 힘겨운 마음
그늘에 널어놓고 나무에 기대어
땀 닦고 귀 기울이니
쓰러지는 것, 내게는 아직 멀다고

죽은 나뭇가지 위에 새 한 마리
잠시 머물다 날아가는 소리에
쑥밭이던 마음
수백 년 견뎌온 나무의 속내 읽었는지

햇살 잘게 썰어 뿌리고 있다
두 손 맞잡으니 따뜻해진다

온 곳 달라도 외 8편

손필영

먼 땅 가듯 돌아온 백두산

산허리를 몇 번 감아 돌면 흑풍구,
나는 가만히 야생화에 기대어 균형을 잡는다.

흰나비 안고 하얗게 흔들리는 노루귀
노란 꿀점 아롱지게 흔들리는 붓꽃

장군봉으로 몰려다니던 안개가 천지를 조금씩 풀어낸
다. 다시 천문봉을 깊숙이 품는다. 검은 현무암 박힌 모
래 덩어리, 화산재 뒤집어쓴 봉우리와 능선들, 모래도
화산재도 해발 2000미터 위에서는 바람보다 단단하다,
온 곳 달라도 한 덩어리로 뭉치면 천지도 푸른 빛을 드
러낼까

천지의 음영처럼
구름 그림자는 구름 그림자로
산 그림자는 산 그림자로 되돌아온다.

승사하를 건너며

철벽봉 아래 너덜지대에서
바위종달이가 운다, 그 소리 받아
두메양귀비 하늘거린다.
생토끼*도 도망가지 않고 울고 있다.

종덕사터 암반 밑에는 팔월에도 녹지 않은 눈
봉우리 봉우리들 쑥 올라가고
천지물막이 출렁거린다.
물가 이끼 부드럽게 스치고
천지사방에서 풀려나와
하얗게 부서지는 우량도
발목을 타고 오르는 찬 기운
물길 한가운데 서서 잠시 나는 얼었다.

잊고 있었던 아픈 음성들이 들려온다.
사할린, 하얼빈도 다가온다.

* 백두산에는 '우는토끼'가 있다.

언 봉오리
── 육십령에서

무룡계곡 눈밭에 쓰러진 그녀를 처음 봤다구요?
온 겨울 산을 넘나든 시커먼 얼굴, 얼어 터진 손발,
그녀를 본 순간 심장이 멎는 것 같았다구요?

당신은 백야전 전투 중대장*,
그녀를 들쳐 업고 내려가도 되는 건가요?
빨치산을 빼돌린 죄로 체포 되었다구요?
겨우 살려 논 그녀도 방첩대에 끌려 갔다구요?
그녀가 당신을 위해 스스로 목숨을 끊었다구요?
그래서 당신도?

　육십령에 오르면 바람보다 빨리 다가오는 사람들, 보
이지 않아도 사람들은 할미봉을 향하면서 계속 묻는다,
간혹 올라오는 칼바람, 진달래 봉오리가 비쭉이 올라와
망설이다 얼음눈에 잠긴다, 장수 지나 뻘로 넘어가는 붉
은 해는 할미봉 꼭대기를 돌고 있다, 아직 할 말이 남았
느냐면서 우릴 기다리고 있다. 마지막 빛에 눈이 부시다

* 1951년 12월, 무룡계곡에서 빨치산 토벌을 나선 백야전 전투 사령부 중대장인
　김대위(24살)가 빨치산 오양수(20살)를 만났다. (백야전 전투 사령부 백선엽 장
　군의 〈실록 지리산〉에서)

검룡소를 찾아서

내가 온 길
갈 길 넘어 피재,

묵은 밭에 햇볕 가물거리다 가고
물줄기 감아올리는 먼 산 새소리들

벽 뚫린 바람집
기울어진 툇마루

물길과 흙길은 나란히 올라가다
밑둥만 남은 나무뿌리에서 섞이고
나무를 기억하듯
수직으로 피어 올라가는 버섯

문득 마음 고요해지는 곳에
구불구불 초록 이끼 두른 검룡소

누가 막 수막을 두드렸을까?
달아오른 땅을 뚫고
푸른 물줄기를 터뜨렸을까?

나도 첫 숨에 산기운 품고
갈 수 있는 데까지 달리고 싶다,

미소

물 한방울 기우는 싸리잎
물 한방울 넘치는 새소리

한낮에 방탱이 이고
아낙네 따라가는 태백산 긴 고랑길

나는 흐르고 흐르고

영월 정선 떠돌다
허리 구부정해진 노인은
주천강에 이르러
마애불의 미소에 스민다.

잎이 진다.
소리가 진다.

장전항

북쪽.
장전항.
복주머니에 담긴 둥그런 만.
해금강 호텔.
밤마다 사라지는 고성읍.

남쪽 사람들 사이로
짝지어 오는 나이 어린 인민군들.
잠시 돌아오는 따스한 눈빛 속에
내리꽂히는 번쩍이는 빛.

사방이 뚫린 채 사방이 막힌 밤.
함께 뚫고 막고 넘어야 할 능선과 봉우리들 첩첩.

교행

금강산 온천에서 온정각으로 가는 길
산 그림자 덮치자 바쁜 걸음
휙, 나무 사이로 스쳐가는 흰 기운
토낀가? 바람인가?

휙, 휙,
길이 꺾이는 사거리에
무언가 어둠 속에서 재빨리 튀어나와 사라졌다.
바람도 없는 곳에서 우린
사라진 그림자의 잔상처럼 흔들리고 있었다.

타이어 타는 냄새

백두산 자작나무 숲길을 따라
비포장도로로 들어섰다.
멧돼지 가족이 한가히
길을 건너다 누워 있는 사이

해 지기 전에
두만강에 닿으려고
흙먼지 속을 달렸다.

산천어 주려고 기다리는 이 있다고
얼굴은 몰라도 기다리는 이 있다고

덜컹거리는 차에
일렁이는 설렘을 안고
군사작전도로를 타고
조중 국경 근처에 이르렀다.

중국 공안원이
앞을 가로막았다.
타이어 타는 냄새가 훅 끼쳐왔다.

집안(集安)에서

광개토왕비
유리집에 가둬 놓고
동북공정이라고?

왕릉만 벗어 나와도 분꽃 나팔꽃 무궁화 핀 골목들,
울타리 너머로 수줍게 내다보는 고려인 후손들, 충청도
면소재지 변두리에 온 것 같은 나지막한 지붕, 오이넝쿨
과 유자와 조롱박 몇 덩이, 멀리 달려가 미소만 보내는
아이들,

그 미소 가슴에 안고
압록강가에 서면
강 건너 아이들이 손을 흔든다.

한 핏줄로 흘러가라고 외 4편

조재형

담자리꽃 군락, 만병초 군락
군락과 군락으로 모여 피는 백두고원
우리는 국적과 민족 사이를 왔다갔다하며
맨발로 걸었습니다
국적을 떠나 우리도 군락을 이뤄 보려고
조선족 소수민족으로 독립군을 이야기하고
분단된 민족으로 통일을 이야기했습니다

그대가 백운봉으로 말하고
내가 장군봉으로 말해도
아! 천지는 푸르기만 했습니다

천문봉, 철벽봉 넘고 넘어
화구벽을 내려와 통천하*에서
온몸 시리도록 서 있었습니다

통천하 시린 물 속 만주실말**,
물결 따라 절규하듯
몸부림치고 있었습니다
건너지 말고 흘러가라고

한 핏줄로 흘러가라고

* 달문에서 장백폭포까지 1250m 길이의 물줄기 이름. 승사하라고도 한다.
** 천지와 통천하에서 자라는 가래과의 수생식물.

설피밭 달빛

자동차 바퀴 헛굴리는 동안
산등성이 넘어와 설피밭에 쌓이는
달빛

달빛 위에 설피자국

설피자국 끌고 들어간
마을 끝집 창호에 배어 나오는
불빛

달빛과 불빛 사이
온 길도 갈 길도 내려놓고
우두커니 서 있다

단목령, 북암령으로
성호를 긋는 별똥별

길

악양 최참판댁 찾아가다
길을 잃고 두리번거릴 때
손을 흔드는 아이들
자동차 문을 열자
우르르 몰려들어 왔습니다

최참판이 좋은 사람이냐고 묻자
아이들은 아무 말도 없이
수줍어만 했습니다
나도 수줍기만 했습니다

묵계리 넘어가는 회남재를 묻자
이리저리 신이 나서
길을 풀어놓는 아이들
집 근처에 내리자마자
집 쪽으로 가지 않고
자동차를 앞질러 달려가며
고갯마루를 가리켰습니다

아이들 집으로 들어가자
길도 보이지 않았습니다

허정가*(虛靜家)

맨몸으로도 오르기 힘든 고갯길
산더미 같은 살림살이 지게에 짊어지고
장군목을 넘어가는 그대
지게 한번 지고 싶다는 말을 하자
어려운 고비 다 넘기고
고갯마루 올라서서 지게를 건네주네

옛사람들은
소금 지고 벽소령을 넘어오고
곡식 지고 쑥밭재를 넘어왔다는데
옛길로 접어들수록 지게 무거워지네

그대 앞마당에 지게 내려놓고
집 벽에 써놓은 좌우명 읽어보네
'두지터 허정가 최상의 교의는 자유이다'
자유를 위해 겹겹이 산속에 스스로 가두어 놓고
차를 끓이며 두지터의 역사를 이야기하네
항일 독립운동가 이현상 동지를
국골 너럭바위에서 연설하던 이현상 동지를
말끝마다 동지를 붙이네

역사 속에서 누군들 자유로울 수 있으랴
그대가 갈망하는 자유가
자유로울 수 없음에서 오는 것을
얼음을 뚫고 쏟아지는 폭포에서 보네

　* 지리산 두지터 마을에 있는 김성언 씨 집.

마등령에서

눈발이 날린다
마등령에서
설악동으로 내려가지 않고
눈을 맞으며 텐트를 친다

오세암 쪽으로 문을 내고
텐트 안으로 들어간다
아늑하다

오세암으로 내려가는 오솔길이
눈으로 덮이고 있다
'단풍나무 숲을 향하여 난 적은 길' * 도
덮히고 있을 것이다
선사는 어떤 그리움으로 영(嶺)을 넘었을까

바람이 분다
눈발이 몰아친다
바람을 등지고 문을 내야 하는데
문은 늘 그리움을 향해 열려 있다

---

* 한용운의 〈님의 침묵〉에서 인용.

하늘매발톱꽃 외 4편

윤석영

천지 주변을 서성이다가
흐려졌다 다시 맑아져
들꽃 사이로 들어서면

자욱한 안개 속
푸른 물빛 드러내는 천지

철벽봉과 천활봉 사이로
굴러내리는 돌들
종덕사터에 걸리고

돌들 울릴 때마다
백두산 능선 여기저기
봉오리, 봉오리 터뜨리는
하늘매발톱꽃

들꽃

드넓은 백두고원의 꽃밭에 서면 송두리째 넋을 빼앗
겨 모난 마음 둥글어진다. 산 아래 옹졸한 욕심도 피비
린내 전쟁도 부질없는 다툼도 말끔히 잊어버리고 고원
에선 누구나 평화주의자

두메참꽃 옆에선 너도사람꽃
백두고원에서 발원한 빛이
개마고원을 넘어 대간으로

금강초롱으로 맺혀 있다가
곰배령 눈빛승마의 눈빛이다가
소백산 초원에선 나도바람꽃

천왕봉에서 피는 백두사초여
대간을 물들이는 들꽃이여

장대를 꿈꾸며

눈부시게 새잎을 밀어올리던 잎갈나무가 잎을 떨군다.
한나절 바스락거리던 낙엽들이 뜬소문처럼 잠들고 햇빛
에 마른 돌도 금세 흠뻑 젖어드는 백두산 원시림

죽은 나무에 뿌리내리고
새잎 움트는 어린 나무

늪지처럼 빠져드는 숲길 더듬어 금강대협곡을 찾아간
다.

협곡에서 흘러내리는
한 줌 흙을 움켜쥐는 나무뿌리

숲에 젖어들지 못하는 내가 야생 앞에서 서늘해진다.
협곡을 품은 원시림에서 생을 마감하는 통나무 하나가 쓰
러진다. '침대가 되지 말고 장대가 되라.'* 커다란 울림
하나 쓰러진 통나무에 가득 차오른다.

침대 위로 올라서는 잎, 잎
서늘한 가슴에 매달고
장대가 숲을 빠져나온다.

- 산속에 죽어서 쓰러져 있는 나무를 '침대'라고 하고 그 위에서 자라는 나무를 '장대'라고 한다. 북쪽에는 '침대가 되지 말고 장대가 되라'는 말이 있다.

자작나무

— 두만강 1

먼 길 돌아온 국경지대
눈빛만 건너와도 흔들리다
바라볼수록 어두워지는 두만강

물고기 잡다가 그물 놓치고
물길 건너던 사람 손길 놓치고
건너편 강가에 걸터앉은 그대

그대 그늘진 숲속에서
곧게 뻗쳐오르는 흰빛의 자작
두만강을 가로지르는 흰 영혼

환한 자작나무다리 아래로
검푸른 두만강은 흘러가고
그대와 난 강줄기에 걸려 있다

대목마을에 가면

떠돌다가 겉돌다가
삼가저수지 끼고 들어와
마을을 이룬다
속리산 십승지지 대목리

윗대목에서 아랫대목까지
떠내려가는
산절 주지스님의
독경소리, 계곡물소리

아랫대목에 둘러앉은
스물 남짓한 마을사람들
돌, 강아지, 달맞이꽃
감빛 할머니와 손녀딸

밤늦도록
오순도순 서로 닮아간다

쌀을 씻다가 외 1편

이성일

바위 가운데 확*을 파고
그분들은 거기서 무엇을 갈았을까

쌀을 씻는다, 쌀 씻는 소리가
백운산 계곡물 소리와 겹친다
생쌀 움켜쥔 손이 풋돌처럼 단단해진다

여순 사건 때 반란군들이 머물렀다는, 옥룡면 심원마
을 동곡분교 터쯤에서 쌀뜨물을 버린다. 영문도 모른 채
죽여야 할 제주 사람 얼굴들이, 가족의 얼굴들과 겹쳤던
걸까? 아니면 군인은 군인과 싸워야 한다고, 군인이 민
간인을 죽이는 건 죄라고 생각했던 걸까?

학살과 반란 사이에서 넘치던 죄가 수채 구멍을 빠져
나간다. 수도꼭지를 틀자 물소리 산으로, 백운산 계곡으
로 역류한다. 산죽에 묻힌 진지며, 돌 더미가 무너져 내
린 무개호가 보인다. 거기다,

너럭바위에 확을 파고
살길 없어도 살아지는 시간들과 남은 곡식과

자책하고 후회하고 분노하는 자신을 쓸어 넣고
이 갈듯 폿돌로 갈아가며 민족 앞에
죄 앞에, 흐려지던 신념을 돌려세우며
백두대간 쪽으로 산길 하나씩
살길로 바꾸고 있었던 건 아닐까?

백운산 꼭대기에 뜨물처럼 떠 있던
지리산 능선이 밥물 높이에서 잘박거린다.

* 백운산에는 빨치산들이 너럭바위에 구멍을 내어 절구 용도로 쓰던 확돌이 있다.

장전항 좀생이별*

　오랫동안 바다가 싫었다. 언 손바닥에 쩍쩍 달라붙던 리어카 끌고 포구에 나가 어둑해질 때까지 돌아오지 않던 등대호를 기다릴 때도 그랬다. 수평선 아래서 반짝이던 불빛이, 물 위인지 허공인지, 꺼질 듯 꺼질 듯 안쓰럽게 반짝이던 애태움이 싫었다.

　협동호 타고 춘태바리** 나갔다가 납북당한 외삼촌이 돌아왔을 때도 그랬다. 시커먼 그림자를 달고 돌아와, 아버지와 싸우다 술병들이 깨지고 피가 터지고, 가라앉지 않던 피를 수압으로 짓누르다 잠수병마저 겹쳐 몸이 굳어갈 때도, 아버지는 차가운 눈빛으로 바다만 바라보셨다.

　군사분계선을 넘을 때도, 황색 팻말에 꽂힌 눈들이 짠물 위를 떠다니며 분단의 등대 찾아 두리번거릴 때도, 불빛 요란한 선상호텔과 장전 1, 2호가 정박한 배들의 전부였던 항구에서 배멀민지 땅멀민지 모르고 뒤척이던 날 밤에도 그랬다. 지척에서 떨고 있던 먼 별빛이, 아직 돌아오지 못한 배들의 불빛인 줄 알았다.

인민도로와 관광도로를 엇갈려 달리다 한 물줄기로 돌아 나오던 온정천에서 그 불빛 다시 만났다. 낮 동안에는 안 보이던 장전리 사람들이, 높은 담벼락과 비닐 친 창에 가려 보였다 안 보였다 애태우던 얼굴들이, 노란 알전구에 알불처럼 감싸여 창문 밖으로 흘러나왔다.

너무 멀리 있던 고향 밖에서, 의지가지 없이 풍랑에 떨고 있던 아버지도 보였다. 어둡던 얼굴들이 모여서 빛을 더하던 저 별 마주보며, 아버지는 혼자서 얼마나 많은 눈빛을 주고받았던 걸까. 당신도 모르게 쓸려가던 뱃머리를 고쳐 돌리다, 몸서리치던 눈빛을 별빛으로 태우며, 분단 없는 바다에서 우리를 향해 등대처럼 웃고 있었던 건 아닐까.

수평선 너머에서
정박한 별들이 닻줄을 올린다

---

* 여러 개의 작은 별이 오밀조밀하게 모여서 별무리를 이룬 성단으로, 눈으로 보면 예닐곱 개의 별만 보이지만, 천체망원경으로 보면 수백 개의 별이 보인다.
** 설날 지나 잡히는 명태, '바리'는 고기 잡는 방식을 뜻하는 순수한 우리말이다.

눈 속에 핀 초원 외 4편

윤혜경

초여름, 하얗게 눈 덮인 계곡 따라
장백폭포 물줄기 거슬러 달문으로 올라왔다
넓게 펼쳐진 눈 위엔
무릎까지 빠지는 깊은 발자국들

흐린 하늘 속에서 햇살은 나왔다 사라지고
걸을수록 눈길에 휩싸여 나는 천지로만 걷고

따라오던 새소리 잦아든다
사방을 둘러보면
눈 녹은 바위 곁, 여기저기
언 몸 일으키며 파르르 올라온 푸른 잎들,

내 길을 묻고 있다
어디로 가려고? 무엇을 보려고?

눈 속 가득 꿈틀거리는 푸른 잎들, 밀려온다
흐린 하늘을 뚫고 환하게 쏟아지는 햇살
들썩이는 초원이
언 땅을 흔들며 천지로 달려간다

두만강에서 그대에게

한없이 가까워졌다가도 까마득하게 멀어지는 당신을 두 눈에 싣고, 바람에 실려 두만강을 따라왔습니다. 당신 등 뒤는 어디서나 민둥산, 산꼭대기까지 올라간 밭들은 구불구불 사방으로 갈아엎어져 있습니다. 당신 사는 마을도 보이고 고기 잡는 아이들도 보이고 어디선가 두만강 노랫가락도 들려옵니다.

끊어진 다리* 앞
당신은 바로 내 앞에 서 있는데
떨어져 나간 커다란 철근 조각
녹슨 채 내려앉아 강물을 갈라놓고

바람에 실려, 날아갈듯 모자를 움켜쥐며
반가워요, 두만강을 넘는 내 목소리에
반가와요, 하던 일 멈추고 외치는 당신의 목소리
당신과 나의 피를 이어놓는 오래오래 흔드는 손

끊어진 다리 아래 뒤도 돌아보지 않고 강물은 세차게 흐르고, 그 물살 헤치며 저벅저벅 건너가는 내가, 한여름 꽁꽁 얼어붙은 강물에 몸 붙이고 건너오는 당신이,

끊어진 다리를 이으며 쉬지 않고 가고 오고 있습니다.

* 훈춘으로 가는 길에 두만강을 사이에 두고 끊어진 다리가 있다. 다리의 끊어진 지점까지 걸어갈 수 있어 북한 땅을 가장 가까이 볼 수 있는 곳이다.

두만강
― 도문에서

바람 한 점 없이 흘러온 도문공원
옅은 강바람에 흔들리고 있다
강가엔 나들이 나온 가족들 웃음소리
서로의 이름을 부르는 소리
따가운 햇살 아래 맑게 울리는데

저기, 저 나무 그늘 속
더 짙은 그늘로 앉아 있는 노인들

낡은 장기판을 사이에 두고
한 수 한 수 천천히 건너는 길 속엔
함양으로, 함경도로
고향 따라 걷는 먼 길 나 있다

걸을수록 그리워지는 얼굴들
고개 들면, 오늘도 강 건너 한없이 멀어지고
북적거리는 사람들 속에서
걷던 길 되돌아 다시 두만강으로 오르는 노인들
타는 숨소리 강물에 적시고 있다

흐르는 강물 위로

흐르지 않는 길 떠 있다

이도백하에서

간밤 어둠 속에 찾아들었던 평화로 좁은 골목
산에서 내려오는 안개에 섞여
새벽부터 굴뚝 연기 자욱하다

닫힌 문마다 붙어 있는 낡은 한글 간판
대문 틈으로 보이는 마당엔 가득 올라온 상추며 고추
아직 오가는 사람 없는 좁은 골목길이
고향의 시골길을 걷듯 정겨운데

문득, 정겨운 고향길을 뒤흔드는
골목에서 튀어나오는 두부장수의 낯선 외침
멀리, 아침 장을 보고 소곤소곤 걸어오던 할머니들
가까이 올수록 골목 가득 쏟아지는 낯선 말소리

고향에서 이도백하로 떠돌다 온 길
낡은 문마다 지워지지 않은 한국어가
골목골목, 돌아온 길들을 잇고 있다

쌍계사

사람들 발길 멈춘 깊은 밤
쌍계사 경내를 울리는 바람
쉬지 않고 불어왔다
차가운 경내를 돌며 홀로 대숲을 흔들다
독경소리 불러왔다

눈 속에 잠든 사람들
눈 감고도 잠들지 못한 사람들
가슴을 쓸어내리며
애쓰지 마라, 애쓰지 마라

밤새 석탑을 돌며
얼어붙은 마음들을 녹이고 있었다

압록강 외 3편

최수현

국경이 되어 흐르는 강을
사이에 두고
쉴 새 없이 팔랑이는 초록빛 나뭇잎들
산비탈에 황톳빛 다락밭들

배는 강 가운데 국경쯤에 멈춘다,
강바람 속에 아이들 웃음소리 들려오고
만포마을이 닿을 듯 닿을 듯 다가온다,
맨몸으로 강물에 뛰어드는 아이들
쪼그리고 앉아 빨래하는 아주머니

방학은 했냐고 이름이 뭐냐고
뱃전에 몸 실어 보내는 인사에
그을린 몸 빛나는 검은 머리 아이들은
헤엄도 멈추고 깔깔대던 장난도 멈추고
두 손 입에 대고 힘찬 목소리로
대답한다
아주머니, 아저씨 얼굴이 배를 향해 메아리를 보낸다

안녕, 또 만나자, 안녕히 계세요,

손짓과 손짓이 얽힌 채
압록강이 흐른다, 압록강이 흐른다

발자국

어둑해진 강 모래밭 멀리
날다 앉는 흰 새
그 너른 날갯짓을 쫓아 뛰어가다
아이들이 멈춘 곳,
발자국들이
찍혀 있다.

누구지?
누구지?

아이들 목소리에 또렷해지는
새 발자국, 옆에 선명한
수달 발자국, 옆에
아이들이 고운 발자국을 보탠다.

다음엔 누가 올까?

섬진강에서

매미소리 달군
햇빛 사위고
노을 밀려오기 전
고운 섬진강 모래에 발 담근 아이들
눈빛이 유속으로 흐른다
강물이 오고 있는 곳엔 엷은 빛에 휩싸인 산, 산
아이들과 함께 손가락 들어 저 아름다운 능선들을 따
라 그려본다

산 위에 길이 있대, 계속 걸어갈 수 있대, 북쪽으로,
저 산들이 시작된 높은 곳으로

빛이 점점 어두운 모래알로 가라앉는 동안
나는 강물을 거슬러 걸어본다
물결이 육중한 바람의 힘으로 발목을 잡을 때, 반짝,
소백산 야생화가 흔들리며 오고,
태백산 침엽수림 푹신한 낙엽길이 되살아온다

그 뒤론?
노을을 삼키고, 확

그 뒤론?
산도 지우고, 확
까맣게 몰려오는 어둠

내 앞으로 쏜살같이 강물을 가르며
선이 그어진다.

장전항의 별자리

파도 소리 차갑게 감겨드는 장전항,
새벽으로 가는 터널처럼
까맣게 뻗친 밤길을 걸어갑니다.
갑자기 들려오는 철새들의 비행소리,
무리끼리 화답하는 소리가
어둠 속에서, 장전항의 시간을 또렷이 물어 올립니다.

숲은
누군가, 그 누군가를 쏟아낼 듯
사방의 어둠을 조여오고
길은 초소로 빠르게 달려갑니다.

불빛,
평상복을 입은 북녘 청년

나는 떨리는 첫 말을 건넵니다.
그리고, 듣습니다.

아, 당신이 말하고 있는 나의 모국어를!

철새들 지나간 밤하늘에
당신의 대답이
잊혀지지 않을 별자리로 박힙니다.

금강산 시화(詩畵) 외 1편

김은영

금강산 다녀온 후 친정 주방에 금강산 시화 걸었다
아버지 세살 때 아버지의 아버지 잃고 독한 병이 나
죽다 살아난 곳, 금강산
친정밥 먹으러 가다 보면 금강산 길 열린다

연둣빛 봉우리 사이 금강진달래 돋아든다
연주담에 옥구슬 펄펄 뛰어내리고
상상봉에 날아갈 듯 매달려 상팔담 내려본다
지상의 고향 잊고 날개 돋는 순간,
만상정 안내원동무가 내 시화 앞에 선다
북쪽 향해 사는 아버지 쓴 시라 설명하니
자기 아내 친정도 내 아버지 고향 홍원이라고
홍원 사람 좋은 사람만 있다고 손을 마주 잡는다
아버지 핏줄 만나고 싶다 했더니 오래 앓아 친정에 있
단다
흐릿한 소주 냄새, 흙빛 그림자 스친다
어두워지는 만상정, 번쩍 플래시가 터진다
망설이다 악수하고
아버지께 안부 전해달라고
내년쯤 아내도 돌아올 거라고

아버지 꼭 모시고 오라며 사라진다

시름시름 어둠이 번지고 캄캄해진다 멀리 고성만 하
나 둘 불이 켜진다

속리는 어딘가요?

속리는 어딘가요?
내속리는, 외속리는요?
산 굽이굽이 돌아 물었습니다
아주머니는 말없이 트럭으로 가 뻥튀기, 쌀과자, 칡
차, 솔잎즙, 말린 버섯 뒤로 흰 장갑 두 켤레 꺼내오셨습
니다
함께 쭈그려 앉아 질경이 땄습니다
뿌리는 남겨 놓는 법 배우며, 톡 톡,
참 부드럽습니다

(떠돌고 떠돌면 질긴 생(生) 부드러워질까요?)

이십여 년 떠돌다 남편 고향으로 돌아온 내력에
중풍으로 쓰러진 시어머니 걱정에
나직이 한숨 쉬다가도
자신 몫까지 털어 수북이 건네주시는군요
누군가,
속리가 어디냐고 묻는 이 온다면
다시 돋아난 질경이 따주시겠지요
세상으로부터 달려온 이 있다면

가마에서 내려 말로 갈아탄 태조의 말티재 이야기 들
으며
자신에게서 내려야겠지요

말티재는 속리(俗離) 안팎 감싸고 구불거립니다

까마귀 날개 외 6편
— 향로봉에서

이승규

군부대 바리케이드 사이
살얼음 위로 트이는 길

야삽도 소총도 없이
맨몸으로 걸어도 몸이 처지고

8부 능선 작전도로를 당기고 당겨
둥글봉에 이르자 빙빙 도는 하늘
새까만 까마귀떼

뒤엉킨 철조망 사이
뻣뻣한 군인들 지나
야전교회 빨간 십자가 옆에
향로봉이 대공초소를 이고 있다

향불 연기 같은 새털구름
흘러가는 북녘에
금강산 비로봉이 비치지 않아도

백두대간 타고 온 타는 눈빛들

철책 너머로 온몸 기울여
그려 보는 가느다란 길

까마귀 날개가 휙
향로봉을 덮어 버린다

삼정*(三丁)에 날리는 눈

검은 구름 검은 눈

제설차가 지난 자리엔 뭉개진 바퀴자국
눈발에 뿌려진 가는 흙모래

빗자루와 나란히 선 아저씨 옆으로
음정마을 아이 따라 양정에서 온 아이도
썰매 타고 미끄러진다
아슬아슬 모퉁이 피해 눈구멍에 콰당,
부둥켜 뒹굴며 까르르르
하정에서 올라온 나도 어느새 웃고 있다

아저씨는 벽소령 길가
수그러진 지붕을 가리키며
저 집에서 태어나 여태까지 용케 살아왔다고
전쟁 땐 군인들 몰려와 죄없는 사람 죽이고 집들 불태
웠다고
세월이 죄라고
눈 위에 엉킨 눈을 연신 쓸어내신다

아이들이 지나간 비탈 위로
또다시 내리는 눈, 눈
길 속에 스며든 무수한 발자욱들 더듬다
당나무 가지 스쳐 불빛과 집터를 맴도는가

산 이는 눈을 맞고
죽은 이는 까마득한 눈발이 되어
흩날리는가 흩날리는가

* 경남 함양군 마천면 삼정리. 세 개의 마을로 이루어져 있다.

선자령 배추밭에서

차들이 줄지어 '가을동화' 촬영지로 가는 동안
목부 아저씨가 걸걸한 목소리로 일러준 갈림길에 오
르자
나무 색깔 깊어지고 심란하게 풀들 술렁이네

선자령,
풀밭에 엎드려 흐르는 산물결로 두 눈 씻으면
가슴 얼얼해지다 한없이 가라앉는 곳

날 저물수록 커다란 까마귀들
나뭇가지 휘어지게 날아들고
아무 갈림길로나 방향 틀자
산정에서 고랭지 배추밭과 마주치네

탁 트인 허공
반나마 땅에 묻혀 널려 있는 배추들

여름 내 타지에서 흘러와 씨 뿌리고 거름 주다
실한 배추들은 경운기에 실려 보내고
짓무른 배춧잎 봉투 빈손에 움켜쥔 채

선자령 넘어 어디론가 방향 틀다
흘러가 버린 사람들

흙에 묻힌 푸른 잎사귀들이
밀려드는 누런 어둠 속에 파닥거리네

갈재마을에서

흐르는 산줄기가 아주 낮아지다
갈재마을 약수터 조롱박 속에 출렁인다

닫힌 듯 열려 있는 대문들 지나
구판장 아주머니 옛 이야기 속에서
갈대가 다시 신작로를 뒤덮고
고리봉 넘어온 발소리 뒤로 총성 울리자
지붕 위로 활활 타오르는 불길

갈대 속에 숨죽이며 엎어져 있던 사람들
잿더미에서 총탄 맞은 남편 붙들고 울부짖던 사람들
그 중 몇 사람은 살아남아
마을회관 툇마루에 쪼그리고서
처음 보는 길손에게 봄볕 같은 눈빛 보낸다

녹았다 어는 잔설 위로
행인 걸어오고 버스 달려가고

피 머금은 산줄기는
마을 뒤 노송에 매달려 흔들리다
우수수 갈대 우는 소리를 낸다

천지 풀리기 전엔

가랑비가 진눈깨비로 바뀌는 동안
검은 땅에 흰 빛 두른 자작나무들
모여 있어도 혼자 서 있네

혼자 가다 뭉쳐 걷는 백두산
눈덩이 쏟아지고
폭포 부서져 내려도
한 줄로 뻗어 솟아오른 절벽길

승사하 따라
야생화 천지일 천지가엔 눈밭길
푹푹 무릎 빠지면서도
백두산 하얀 천지 하얀 연봉에
눈길 붙박히네 기둥처럼 온몸 굳네

끌어안듯 천지에 붙어 선 사람들
화끈대는 가슴 속 불덩이가
얼음 덮인 천지를 어른거리네
발치에 서서히 녹아내린 물기가
폭포 만나 만주벌 적시는 송화강으로 흐르고

눈바위 틈에 피어오른 수증기
구름 되어 내달리다 제비꽃 핀 지리산 자락
한밤중 빗방울로 떨어진다면

깨어난 이는 누구든
정수리가 얼얼해지리
눈과 언 햇볕 사이 꽃망울 트고
얼어붙은 천지
천지 풀리기 전엔

두만강 푸른 물에
— 두만강 1

하늘 푸르고 강물 탁한 유월 초

두만강 너머 기차 없는 역사
대형초상화 밑을 걸어가는 군인들
강을 내려보는지 우릴 바라보는지
불러도 대답 없고 손도 흔들지 않고

우리도 지나치듯 강물 따라 흐른다
색깔 절반씩 다른 국경 다리 이쪽엔
거대한 탑 같은 문에 황금색 '中國'이 빛나고
다리 저쪽엔 갈색 산 아래 낡은 집들이
구름에 짓눌려 있다

구름 풀리듯 다시 흘러 도문
좁은 강물 건너면 단박에 남양 땅
일행들이 강 너머로 목을 빼고
침울하게 난간 붙들고 있을 때
매점 옆 나무 아래 노인들이 하나씩
그늘을 안고 앉아 있다 갑자기
중국말에 겹쳐지는 경상도 억양

다가가 말씀 여쭈니
함양에서 함경도 거쳐 온 할아버지
먼 산 보고 무슨 말씀 하시려다
다시 쭈그려 앉으신다

공원 지나 강가 외딴 집에
개줄 풀려 있고 배는 물에 반쯤 잠겨 있다
두만강 푸른 물에 노 젓는 뱃사공 대신
강 건너 풀숲에서 불쑥 어깨 내민 북한군
한 명, 두 명, 저편에서 또 한 명
총구 향하지 않고
갈라져 있는 것만으로
온전히 벌이 되고 죄가 되는 한 핏줄들

탁한 강물이
두 눈에 차오르다 심장으로 역류한다

가슴 속에 흐르는 강
— 두만강 2

꽃제비들 몰려다니다 자취 없어진 곳
버려진 채 이리저리 나돌던 국경 아이들
허기진 눈빛만 발길에 매달고 와
싼륜과 택시가 뒤엉킨 훈춘 시내
한자와 한글이 뒤섞인 간판 밑을 걸으며
안중근 의사가 몇 번쯤 지나쳤을
길거리를 바라다 본다

목숨 바쳐 그가 꿈꾸었을 나라
그 반쪽 땅에서 비행기 타고 에둘러 와
백두산에서 흘러가는 세 줄기 강물처럼
조선족과 북조선과 남한으로 흐르는
나누어진 핏줄을 느끼고 있는가

강물은 우리를 감고 감아
미끼 없는 낚싯줄 던져 놓고
강가 감시하는 낯선 남자들 너머
잔잔해진 햇살
왕왕대는 집단농장 노랫소리 속에서도
풀리지 않는다 이랑이랑 펼쳐진 밭 가운데

점묘처럼 반짝이는 북한 동포들

노랫소리 끊기면서
강폭이 넓어진다
철교 아래 넓은 모래밭으로
억세고 해맑을 웅기 아이들 강 건너와
알몸으로 내달리지 않아도,
북한으로 들어가는 기차에 온몸 딸려가던
남쪽 사람들
철교에서 내려와 그만 웃통 풀어헤치고
은빛 모래밭에 그물 메고 달린다
마주 보며 웃는 눈에 물기 어린다

두만강, 두만강
땅 가르고 사람 가르다
눈물 닦인 푸르른 가슴 속에
한 줄기로 합쳐지는 강

괘방령[*] 외 5편

박성훈

추풍령과 황악산 사이 괘방령
충북과 경북 표지판이 아니었으면
그냥 지나쳤으리

금강산에서 지리산으로
분단과 역사 속을 헤매다
의병장 박이룡 장군도 북한군 퇴로도 사라진
낮은 고갯마루에 서면
괘방령, 이름 쑥스러운 듯
수풀에 가려진 리본만 걸려 있다

무덤가 숨죽인 구절초처럼
몸 숙여 들여다봐야 보이는 곳,
괘방 뜻 모르는
마을 주민 지나가도
산책 나온 이웃처럼
살며시 걸어야 보이는 곳,
낮아진 몸으로
여장 풀고 어깨 힘 빼면
농부들의 손끝에서 반짝이는

금빛 가을 들녘

비로소 고갯마루에 걸려 있다

* 괘방(掛榜)은 '방을 붙이다' 라는 뜻으로 예전에 괘방령은 방이 붙을 정도로 사
람이 많이 다니던 곳이었다 한다. 궤방령이라고도 한다.

삼베마을

대문 없는 낡은 집에 저녁 연기 오른다

댓재 가는 길 삼척 고천리
할아버지 한 분 툇마루에 앉아 계신다

개천 따라 옹기종기 고여 있는 집들
낮은 담장 너머 고천분교에 재잘대는 아이 몇
두타산은 말없이 내려 보지만
할아버지 흐린 눈망울에 흔들리는 풍경들

지나간 것들은 모두 애틋한 것일까
기억의 날실 씨실 엮으시다
이젠 삼베 안하신다고,
매듭 같은 침묵이 지나간다

아직 다 못 짠 무엇이 있으실까
낡은 베틀을 물끄러미 바라보시는
할아버지 눈가에
한평생 엮어 놓으신 주름살 깊어진다

벽송사* 소나무

백무동에서 총 맞아
산을 넘다 죽고
두지터에서
장군목에서 죽고
기어기어 이곳 야전병원에 왔지만
푸른 대나무 울타리 대신
토벌대의 피 묻은 총검에 갇혀
사람들 모두 불 타 죽었습니다
한 달 뒤인
1951년 2월 7일
토벌대는 거창으로 갔습니다

벽송사에 오면
누구나 보게 되는 소나무,
불길 속에 살아남아
불당 뒤 언덕에 우뚝 서서
그날 누군가의 눈빛으로
천왕봉을 바라봅니다

* 1520년에 창건. 한국전쟁 때 빨치산들의 야전병원으로 사용되었다.

백무동 인민군 총사령부 터

눈 내린 산
입구 없는 길 더듬어 찾아간
인민군 총사령부 터
차곡차곡 슬픈 역사로 쌓인 돌담을 돌자
철렁, 무너지던 가슴은
인민군 차림의 마네킹 때문이 아니다

눈 쌓여 얼어붙은 이 땅에
홀로 매달린 고추는
무엇으로 자라나 저렇게 붉은 것일까,
총탄자국 난 돌절구 속
차갑게 응어리진 얼음 한 덩이 품고
저 대숲에 끝없이 웅성대는 것은 바람일까,
산 자도 죽은 자도
모두 죽어야 했던 땅

바위틈의 물을 마시며
가슴을 쓸어내린다
이미 돌아나가는 길은 없었다
언제가의 우리들처럼

굽이를 돌 때마다

기다리는 봄은 안 오고
눈 내리는 벽소령을 오른다

산판길 굽이를 돌 때마다
끊어지는 능선
다시 이어져 덕유 속리 태백 두타 너머
백봉령 기슭,
얼어붙은 마음만 앞서간다

문득 눈 깊숙이 발이 빠진다
눈보다 하얀 네 백골을
가슴에 품고 백봉령 오를 때
들려오던 너의 거친 숨결,
세상에 없는 너를 좇다
기억의 굽이마다 푹푹 빠져버리는
내가 너무 무겁구나!

눈 내리는 이 길을
발 한 번 털고 다시 걸으련다
눈 맞고 휘어져
아름다운 저 거제수나무 밑을

향로봉에서

1

팔백고지 소초 앞에 앉아
멀리 있는 그대들 보았습니다
우리 것처럼 낮은 농구대 아래
러닝셔츠 바람으로 공을 던지던 그대들
우리팀이랑 하면 누가 이길까요?
한 번은 금강산 아래에서
또 한 번은 향로봉 아래에서
시합 한번 하고 싶습니다
참, 한쪽은 맨몸으로 해야 하나요?

2

조명탄 터지는 봉우리
북쪽 능선 참호 속에서
기관총 걸어 놓고 밤을 지샜습니다
먼 총성에 떨며
내가 돌리는 격발 스위치는

누구에게 맞췄나요?
그대들의 누군가는 아닌가요?
혹, 그대들?

3

군복을 벗고
다시 향로봉에 올랐습니다
구름에 가려 금강산 잘 보이지 않지만
저 능선의 참호 너머
봉우리에 솟구치는 바람 맴돌다
구름 걷어내면
러닝셔츠 바람으로
여전히 공 던지는지

그대들,
잘 있는지

산신당 외 3편

임석재

할머니의 액막이 그림 속에는 언제나 머리가 유난히도 큰 두 사람이 그려져 있었다. 파란색과 붉은색 연필로, 백양표 러닝셔츠와 팬츠에는, 때로 얼룩진 화폭 속 어디에 잡목숲이 있고, 깊고 누런 강이 있었는지, 어슬렁대는 호랑이도 눈을 끔벅이고 있었다.

싸구려 벽지를 바른
무너진 한 쪽 벽에 앉아
그 산은 어디일까 생각했었다.

인자한 눈을 가진 옥황상제님, 흰 수염이 유난히도 멋들어진 일월성신님, 불쑥불쑥 수염을 마구 기른 오방신장님, 반짝이는 별 뜨면 은하수 같은 선녀님, 아침 세숫대야에 받아 놓은 맑은 지하수 같은 동자님, 뱃속에서 죽은 형은 동자님이라서 날더러 형이라고 부르며 따라다닌다는데, 할머니는 어머니와 함께 개똥밭 건너 어느 산엔가 날 팔러 간다고 나 혼자 집에 두고 가시면,

문고리 꼭 잡고
두렵고 서러워서 색동구슬 눈물 흘리며

그 산은 어디일까 생각했었다.

허주 씌어 술 노름에 미치고 애비 에미에게 주먹질 낫
질 해대는 청송댁 아들놈, 반쯤 입 돌아가 침 질질 흘려
대며 대낮 장터에서 오줌발 갈기는 박씨 아제, 색동옷
입은 사람 고깔 쓴 사람 바라 치고 징 치는 사람들이 눈
에 보인다는 여덟 살 난 계집애, 객지에서 굶어 죽은 할
배 귀신 배고파서 저승길 못 간다고 자손 사업 망쳤다는
길안댁, 양구댁, 삼천포댁, 하의도댁, 청도댁,

그 산이 어디인지 몰라도
향내 진동하는 산 산 산
고치령 산신당에 타 버린 향재가 소리 없이 떨어진다.

이화령 휴게소

싸락눈 그치고 솔가지 꺾이는 소리에
잠시 멈추었던 몸을 기울여
늙은 소나무 아래 섭니다.

고개 넘어 누구도 내게로 오지 않는 밤,

눈보라 속 날벌레처럼 달려드는 눈을 털며
파란 비닐천으로 감싸둔 살림살이를 꼭꼭 여미던
어머니, 무너져 내린 차가운 체온을 감추고
이샛날 눈 오면 부자가 된다며
이 고개를 넘어 내게로 오셨습니다.

감아놓은 태엽이 돌 듯
용달차 바퀴자국을 눈보라로 지우며
다시 지나야 했을 때,
아무 말도 못하고
이 고개를 넘어 내게로 오셨습니다.

고갯길을 대문까지 끌고 와
어둠을 무겁게 이고

눈 오면 부자가 된다던 어머니,

언 눈이 반짝이는
이차선 도로 위에 눈물자국 선명한 고갯길.

야반도주라는 뜻도 모르던 시절
휴게소 짜디 짠 오뎅국이
여기, 뜨끈하게 식어갑니다.

흔들리는 광장

연하교 건너 순국 기념비가 선 광장.

휴가객들이 지나간다,
군용 차량이 지나간다,
기억이 남아 있다,
무엇이 지나갔다,

흘러온 듯
흰나비 날아와
무장공비사살지점 팻말로 향한다.

탄피 흔적도
예상도주로도 숨긴 채 무성해진 조릿대밭 너머
누구의 기억으로
오가지 못한 능선들 남아 있었을까?

바람이 불 때
조용히 흔들리는 능선이 광장에 내려앉는다.

풍경소리

새벽 비로사 앞마당에
고요가 탑을 이루어
산안개 따라 맴돌다 빠져나오면,

노랗게 눈뜨고 지켜보는 개망초꽃 천지인 길
흔들흔들 키 작은 갈매나무와도 눈인사해야 보이는
달밭골,

텃밭 한 귀퉁이 낡은 집에
옥수수와 누렁개와 사람이 한결같이 늙었다,

허물어진 토담이 대문을 열면
샛바람에 헛기침하며 뒤따라 나서는 노인의
낡은 삽자루, 맑은 소리 내며 제 땅을 퍼올린다,

관광공원 외 7편
― 장백산에서 백두대간까지 1

이석철

백두산, 천지, 장백폭포, 밀려오는 산안개, 미인송이
몸속을 세워올리며 터질 듯 안개를 지우고, 길은 새벽을
빠르게 넘어간다
　그 깊은 소리를 바라볼 수 있을까?
　그 높은 눈을 올라갈 수 있을까?
　들뜬 마음을 가라앉힐 새도 없을 때
　불현듯 스쳐지나가는 거대한 문구!

　長白山,
　장백산 관광문은 거대한 기세로 우릴 삼키고, 주차장
사이를 지나 관광기념판매대에 몰려나온 산삼 상인들이
몇 년산 몇 년산 끈질기게 달라붙는다

　관광공원!
　한 번도 생각해 본 적 없었던
　민족의 영산 백두산에서 관광지 장백산까지
　백두대간길은 단숨에 지워지고

　허공에 떠 있는 듯
　발 디딜 곳조차 없다.

차가운 목소리

― 장백산에서 백두대간까지2

천활봉과 용문봉 사이,
온몸을 전부 밀어붙여도 건널 수 없을
승사하 물줄기 곁에서 천지로 향해 선다,

몇몇의 중국인들 사이에서
바라보는 모든 것들이, 삐리리
핸드폰 전파 사이에서 떠돌다오는 동안

한족 관광객과 조선족, 한국인
국경과 국경, 또 다른 국경과 국경 사이에서
얼어붙은 천지, 얼어붙은 장군봉, 얼어붙은 비루봉

누구일까, 나를 불러 세우는
누구일까, 차가운 목소리
누구일까, 태어나기 전부터 나를 부르는

온몸이 얼어버릴 듯한 빗방울 속에서
선한 눈망울을 지닌 맑고 투명한
그림자들이 내려온다
지구인, 지구인,

천지에서 바라본

지구를 덮은 구름호수
천지로 흐르는 승사하에서
천지가 천지로 보이고
승사하가 승사하로 들린다

장백폭포

얼어붙은 장백폭포
얼어붙은 장백산

내려오는 발걸음들이
폭포를 이룬다

소리도 없이
빛도 없이

물소리, 얼지 않은 작은 물소리
구름송이풀 이끼솔지리풀 돌꽃망울

마지막 다리

마지막 다리를 통해 북쪽으로 내려갔습니다. 참호와 참호는 말없이 제국의 시대부터 분단의 시대까지 응시하고 두만강 황톳물 너머 빈 들판엔 아무도 보이지 않습니다.

시멘트 가루처럼 민족분단통일이란 단어들이 끊긴 다리 사이로 부스러져 떨어지는 동안, 안녕하세요, 아무도 없습니까, 남에서 왔어요, 보고 싶었어요, 큰 소리로 불러보았습니다, 한참 후에야 사람들이 하나 둘 나왔습니다. 앉았다 일어나는 사람, 어깻짓을 보여주는 사람, 들로 돌아가는 사람, 옆 사람과 말을 주고받는 사람

뒤돌아오는 동안에도 자리를 뜨지 않는 이들과
끊어진 다리 사이에서,
녹슨 철근들이 텅 빈 공간을 부여잡으며
실핏줄처럼 가느다랗게 살아 오릅니다.

들려오기 전부터 이미
몸속에서 울려오던 대답,
오고가며 빈 공간을 채우는 대답,

바라보면 세워지고
돌아서면 무너지는
마지막 다리.

쌍계사 불목하니 할아버지

지게를 지던 어깨를 멈추고
나즈막한 눈빛으로 쳐다보시는
쌍계사 할아버지

빗점골로 넘어간 사람들
피한 자도 잡는 자도
산 자도 죽은 자도

모두 죄인이라시는 불목하니 할아버지
빈 지게를 메는 기울어진 어깨엔
세월에 쌓인 짐들이 가득하고

아픈 곳 없으시냐며 어깨를 어루만지니
갈라진 손바닥을
손 위에 포개시는 할아버지

떨어지는 낙엽에서
언뜻,
언뜻 비치는 얼굴 얼굴들

마애불상이 큰 귀를 세운다,
바람이 분다, 대숲에서
소리 없는 종소리 울려 나온다

자병산을 보며

이른 아침
쯔- 삐-, 새소리를 타고
안개에 휩싸인 자병산을
바라보았다

겉인지 속인지 모를 자병산
날카로움을 머금고 절규를 삭이는 산
한 치 앞도 보이지 않는 안개
자병산은 끊긴 대간이야, 아니야
자병산은 깎여진 산이야, 아니야

절망감이 새소리에 밀려 사라질 때쯤
썩은 나뭇가지에 매달린
이슬 한 방울이 보였다

안개 속 이슬 한 방울,
아침 산의 낮고 숨죽인 기지개!

함몰지

바람이 거세게 불어왔다
백봉령에서 생계령으로
대간을 지운 만큼 다시 채워지는 안개

능선과 능선 사이에서 나는
방향을 버리고 섰다, 내려앉기 위해
고요해지는 함몰지

잠시만 걸어도 젖어드는 발뿌리,
바람소리가 울렸다
흙길을 비집고 올라오는
새잎의 연한 잉태

흔들리는 능선에선 숨소리가
울렸다, 새들의 거친 숨
나무들의 벅찬 노래

빈 공간과 공간 사이에서
작은 떨림이 왔다, 흙알갱이들이
하나씩 벼랑능선으로 떨어졌다

나도 모르는 나와 나 사이에서
비로소 채워지는 함몰지,
함몰지가 생명붙이들을 타고 올라간다

백담계곡을 오르며

정신을 빼앗는 물소리
깊어지는 백담계곡

모든 소리를
홀리듯 서 있는
나무

콸 콸 넘치는
돌덩이들 섞어치는
흙탕물 속

대지 깊숙이 손 내민
허연 팔뚝, 움켜쥔 힘줄

저 힘에 붙잡히고 싶다
뿌리여,
하늘에서부터 땅을 짚고 선
뿌리여!

고래등능선*을 타고 외 7편

장윤서

낮게 피는 구름국화, 매발톱꽃
하나 둘 모여 앉아 온기 내는 두메참꽃
바람은 꽃향을 업고
꽃향은 군락 지어 떠다니다
초원을 뒹구는 사람들로 떨어진다

국경 모르고 피는 꽃, 봄여름 뜨겁게 솟구치다 가을에
산노을 피우고 잔설 속 더 오롯이 보인다는 얘기까지 틔
우는 꽃

아, 아 저기 좀 봐
만주벌, 지평선 저 끝끝에서
까마득히 밀려오는 초원
먼 길 헤쳐 온 그 힘으로
고래등능선되어 펄쩍 뛰어오른다

범꼬리 두메양귀비 바위구절초 비로용담…

꽃보라 터뜨리며
선천지로 또다시 펄쩍 뛰어드는 능선

다시 꽃보라 터뜨린다, 뒤집힌다, 휩쓸린다

위험해? 조심해야 해?
맨발로 꽉 붙잡아야 해?
국적을 잃어버릴지 몰라?
외면하고픈 슬픔을 토해넬지도 몰라?

* 중국 쪽에서 올라가는 북파코스 중 천문봉으로 오르는 능선.

두만강 상류에서

무수림하
적봉 뒤에 가려 있는
두만강 발원지
21호 국경비를 넘지 못하는
두 발 너비도 안되는 냇물

며칠 전에도
여기에서 시작된 국경을 건너려
나라를 지우고 북쪽으로 가려다 죽은 이들이
흉흉한 소문 되어 사람들 입과 귀로
무겁게 흘러가고

살아서도 국경을 넘지 못하고
죽어서도 국경 따라 흐르는 사람들

(우리들이 넘어야 할 것은?
 우리들은 무엇을 가르고?)

원시림에 취한 듯
햇살도 꽃나비도 고요한 두만강 상류

강물은 연신 흘러가
녹슨 물소리를 바람결에 둘러치고
흉흉한 소문들은 거슬러 올라와
두 발 너비 두만강을 넓혀만 간다

상봉

두만강을 건넜단다
허기진 배까지 쫓아오던 조국을 버리던 날
같이 강 건너던 가족들은
두만강 따라 흘러가고
중국 공안들도 모르는
바람도 하늘에 길 물어본다는
연변 시골시골로
머리 다쳐 하루 종일 베시시 웃고만 다닌다는
조선족 청년의 품속에서 숨어 산단다

흙내 흩날리는 호미질이 손에 익고
북한 사투리가 연변 사투리로 돌아앉을 무렵
가족 닮은 애기 하나 울면서 태어났단다

확

3월의 섬진강으로 몰려든 매화
칭얼대며 울어제끼는 갓난애 울음도
값 흥정하는 화개장터 사람들의 목높힘도
매화향이어라
혹이라도 어둔 마음 있더라도, 꽃그늘이어라
이런 날에는

그들도 꿈꾸었던 세상일까
마을 주민 이야기 따라
한재 벗어나 백운산 가는 잡목 가득한 길
고로쇠나무도 마른침 삼키고
바위 사이 바람이 갈 곳 몰라 웅웅대는 곳

잔돌 굴러가는 소리에도
벼랑 끝으로 내몰렸을 그들에게
백운산 자유로이 떠돌던 바람
섬진강 거스르며 일렁이던 물결들이
부모님 눈가 주름으로 흘렀을까
섬진강 곱디곤 모랫빛이
보리밥 그득한 놋사발로 비쳤을까

산 아래 세상과의 대화는
침묵과 화약내였어라
바람도 햇빛도 달빛도
그들 편이 아니었던 이곳, 확 안에는
작은 숨소리마저 쟁던 그날들이
오래된 낙엽 속에 고여만 있네

돌단풍꽃*

무슨 힘으로
땅끝에서
여기 미천골
그리고 강원도 고성까지
걸어왔고 또
걸어가는 것일까

꽁바치** 찾아가다 우연히 동행하여
민박집 조촐한 저녁까지 겸했는데
한 이는 삭발했고
한 이는 속내를 감추는구나

옛조침령길, 처음 봤던 야생화 하나하나에
수줍게 이름 달아 술상에 걸어 두고선
말도 없이 술도 없이
미소만 짓는구나

먼 길을 걸어왔다지만
이제부터 시작될
그녀들의 먼 길

모래바람 속, 양양으로 향하는
그녀들의 가벼웁고 무거운 발걸음은
어디서 뿌리내려
탐스런 머리 길러낼까
닫힌 속내 틔워낼까

* 범의귀과의 다년초. 돌나리라고도 한다. 물가의 바위틈에서 자라난다.
** 강원도 인제군 기린면 마을 이름.

높아지는 재

장맛비에 시끄러울 하굣길 인성분교엔
백두대간 종주 리본들만 흩날리고
전파도 잘 찾아오지 않는 텔레비전에
가는귀를 맞추시는 고갯마루 박분례 할머니
오래전 온기를 잃은 부엌 아궁이에는
부산했던 큰재*의 시간들이 재 되어 쌓여 있는데

어느 마루에 흩어져 있을까
큰재를 넘나들며 웅성대던 사람들과
운동장을 들썩거리며
낙동강, 금강 쪽으로 내달렸던
인성분교** 600여 명의 아이들은

인성분교에 쓰레기만 남겨둔 채
큰재를 지나친 발걸음을
낮게, 아주 낮게 기억하는 우리들에게
큰재는 얼만큼
마을과 학교에서 높아진 걸까

어느 길을 떠나시려

뒤꿈치 굳은살을 깎고 계시는지
할머니, 가는귀를
장맛비 쏟아지더라도
처마 밑으로, 문밖으로, 운동장으로 내거시는데

떠나간 사람들과
지나칠 사람들로
큰재는 점점 더 높아져가고

* 경상북도 상주시 모동면과 공성면을 잇는 백두대간의 고개.
** 백두대간 마루금에 유일한 학교. 1947년 설립되어 1997년 3월에 폐교될 때까
지 597명의 졸업생을 배출했다.

영마루로 들어서면

영마루로 들어서면
왜 이 두 발은
서지도 않은 장터를 찾아 갈까

의풍 마을 초입서 들은
멀지 않던 부석장날
그 옛날의 북적거림에
누구에게 내다 팔
쌀 한 말
푸성귀 봇짐은 없더라도
건너 마을 사랑 얘기
허풍 섞어 내놓고서
사람들
그 맘 한번 사고 싶네

풀벌레 소리도
아늑하게 부풀어가는,
상현달
기우는 몸뚱이도
그날은
장날이네